Ariel

Donjons et dragons

Collection :
Lauzier Jeunesse

Auteurs :
Karole Lauzier, Yvon Roy

Illustrations :
Yvon Roy

Les Éditions Lauzier Inc.
8435, rue Pierre-Emmanuel
Laval, Qc. H7Y 2B2

Auteurs : Karole Lauzier, Yvon Roy
Illustrations : Yvon Roy
Infographie : Les Éditions Lauzier, Inc.
Couverture : Christian Campana
Révision linguistique : Johanne Forget

Les Éditions Lauzier, Inc.
editionslauzier@videotron.ca
Tél.: (450) 627-4093 - Téléc.: (450) 627-0204

ISBN 978-2-89573-114-6

Ariel - Donjons et dragons

© Les Éditions Lauzier, Inc.
Dépôt légal : 2e trimestre 2007
Bibliothèque et Archives nationales du Québec
Bibliothèque et Archives Canada

Dans ce cahier, Ariel te fera découvrir l'époque des donjons et des dragons. Copie ces mots :

Les châteaux _Les châteaux_

Les dragons

Les armoiries

Les chevaliers

Les épées

Les banquets

LES CHÂTEAUX

Un château est une grande maison fortifiée, construite surtout à des endroits difficiles d'accès. C'était la demeure des châtelains et des chevaliers.

Le donjon était la tour la plus haute et la plus importante du château. En cas d'assaut, le seigneur et sa famille s'y réfugiaient.

Relie les chiffres et colorie l'image.

Colorie l'image.

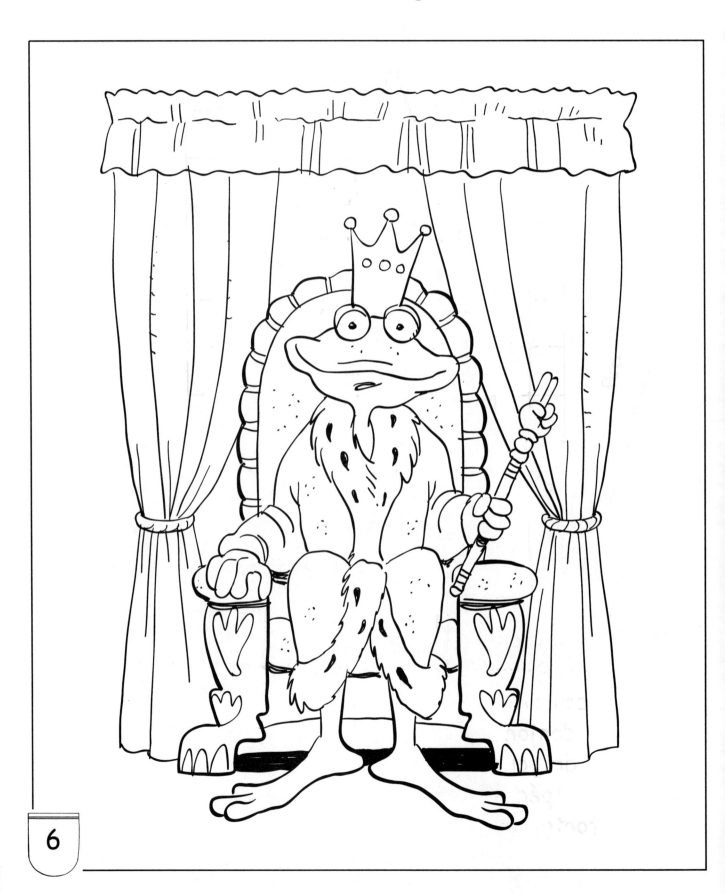

Aide Ariel à placer ces mots dans la grille.

château
chevalier
couronne
donjon
dragon
épée
forteresse

Combien de couronnes sont cachées dans la chambre du roi?

Mot mystère

Encercle les mots de la liste que tu trouves et
les lettres restantes te donneront
le mot mystère!

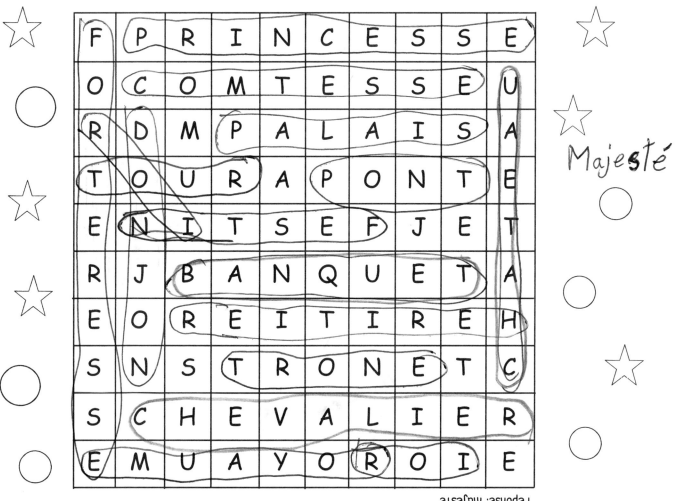

Majesté

réponse: majesté

F	P	R	I	N	C	E	S	S	E
O	C	O	M	T	E	S	S	E	U
R	D	M	P	A	L	A	I	S	A
T	O	U	R	A	P	O	N	T	E
E	N	I	T	S	E	F	J	E	T
R	J	B	A	N	Q	U	E	T	A
E	O	R	E	I	T	I	R	E	H
S	N	S	T	R	O	N	E	T	C
S	C	H	E	V	A	L	I	E	R
E	M	U	A	Y	O	R	O	I	E

banquet   festin   princesse
château   forteresse   roi
chevalier   héritier   royaume
comtesse   palais   tour
donjon   pont   trône

9

Colorie les plus gros boucliers.

Grâce à l'exemple, reproduis
Ariel dans la grille du bas.

LES DRAGONS

Le dragon est un animal imaginaire représenté avec des ailes,
des griffes de lion et une queue de serpent.
Dans les contes, le dragon protège
souvent un trésor.

Relie les chiffres et colorie l'image.

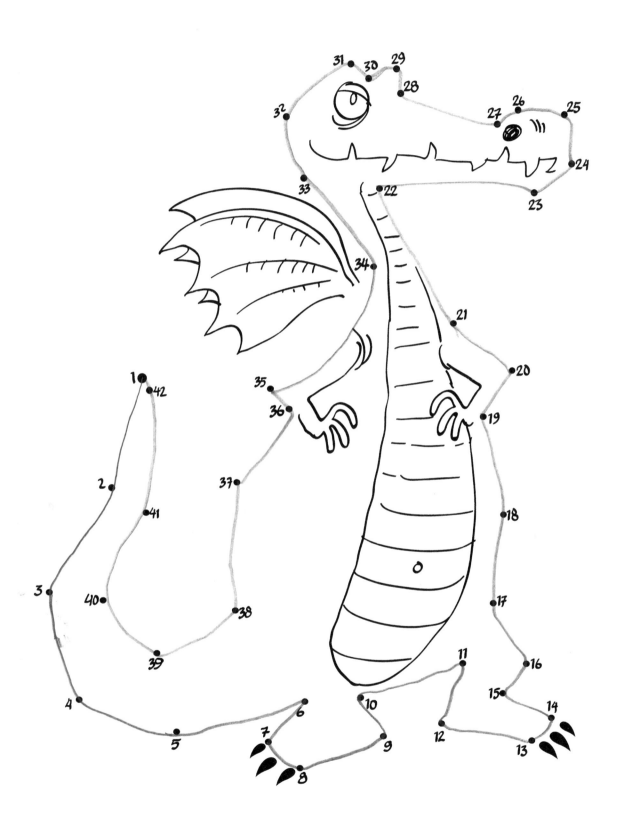

13

Encercle les cinq erreurs qui se sont glissées
dans l'image du bas.

Colorie l'image.

15

Le jeu des ombres

Parmi toutes ces ombres, une seule
ne correspond pas à cette image.

Trouve laquelle.

Écris le mot dragon

En replaçant les syllabes qui se trouvent sur les étendards d'Ariel, tu obtiendras des mots.

Quels sont-ils?

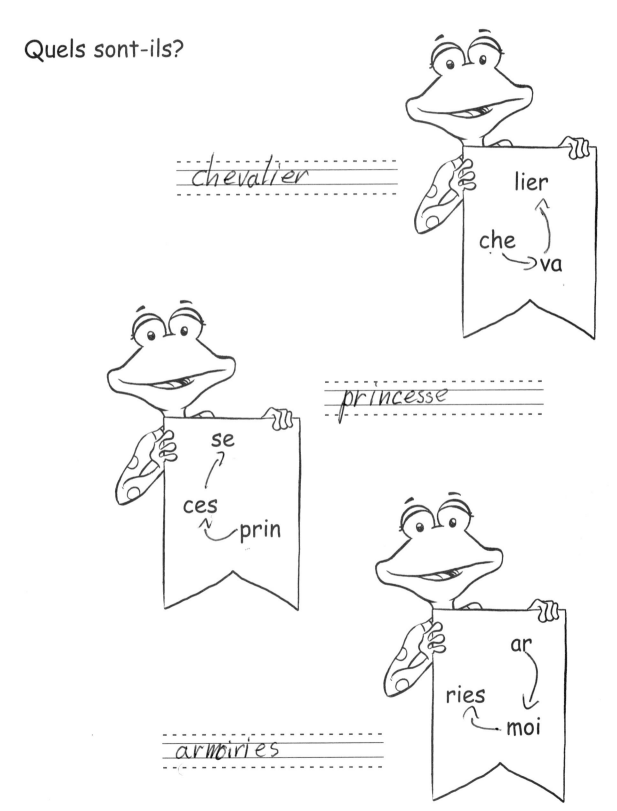

chevalier

lier

che →va

princesse

se

ces →prin

ar

ries

moi

armoiries

LES ARMOIRIES

Les armoiries sont l'ensemble des emblèmes symboliques propres à une famille ou à une ville.

Relie les chiffres et colorie l'image.

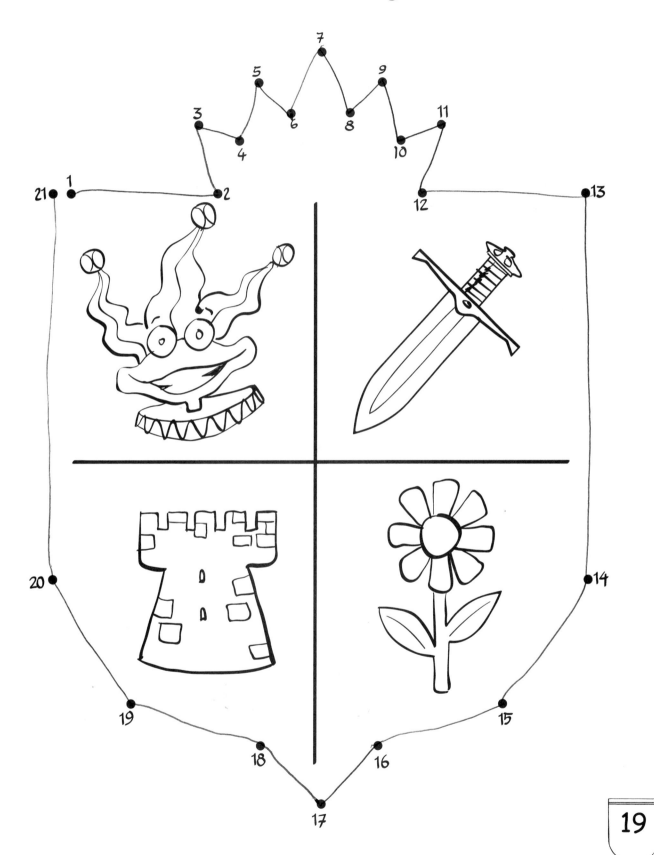

19

À qui les armoiries?
Relie les boucliers aux bons chevaliers.

Combien comptes-tu de boucliers sur cette page?

28

Colorie l'image.

Aide Ariel à placer ces mots dans la grille.

armoiries
armure
bouclier
coeur
courage
loyauté
tourelle

Le chevalier Ariel compte bien se rendre au château avant la nuit. Aide-le à trouver son chemin.

Mot mystère

Encercle les mots de la liste que tu trouves et
les lettres restantes te donneront
le mot mystère!

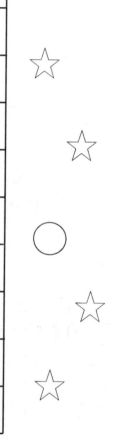

E	C	H	A	M	P	I	O	N	N
R	S	E	I	G	N	E	U	R	C
U	E	G	A	R	U	O	C	O	U
O	T	A	E	N	I	E	R	B	I
V	U	R	C	O	D	L	E	T	R
A	A	M	U	S	U	E	H	A	A
R	Y	E	E	A	C	P	C	B	S
B	O	U	C	L	I	E	R	M	S
S	L	S	A	B	R	E	A	O	E
S	E	N	N	O	R	U	O	C	E

réponse: noblesse

archer	combat	épée
arme	courage	loyauté
blason	couronne	reine
bouclier	cuirasse	sabre
bravoure	duc	seigneur
champion	écu	

26

Encercle la plus grosse figure.

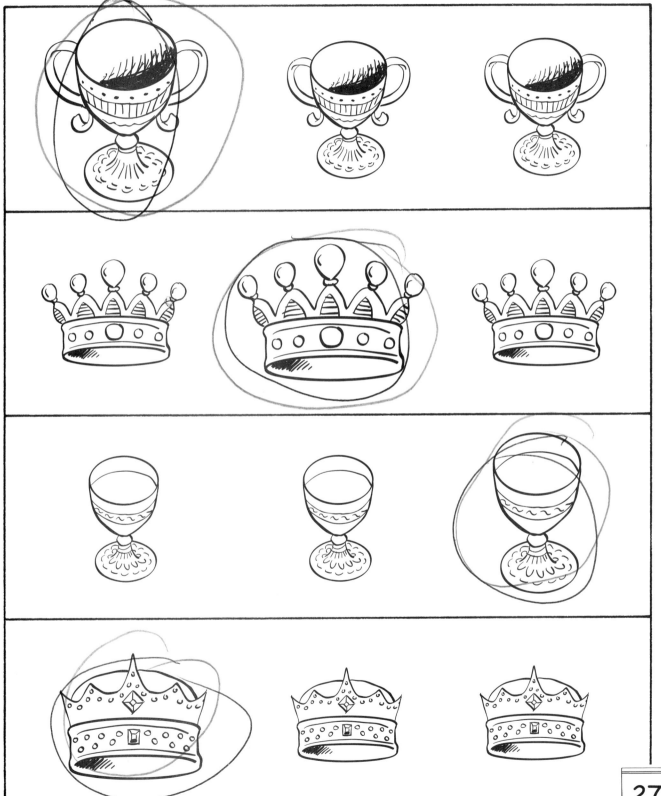

LES CHEVALIERS

Un chevalier était autrefois une espèce de soldat qui montait à cheval et portait une armure. Les chevaliers se battaient pour un roi ou pour un comte. Ils s'affrontaient dans des tournois.

Écris le mot chevalier: _____

Encercle les cinq erreurs qui se sont glissées dans l'image à droite.

En replaçant les syllabes qui se trouvent sur les étendards d'Ariel, tu obtiendras des mots.

Quels sont-ils?

UNE SCÈNE DE L'ÉPOQUE...

VOICI LE CODE

1 = A   6 = ê
2 = a   7 = i
3 = â   8 = o
4 = e   9 = u
5 = é

En te servant du code, découvre la phrase mystère.

_ _   c h _ t _ _ _   c _   m _ t _ n, t _ _ t
1 9   3   4 2 9   4   2   7   8 9

l _   m _ n d _   _ s t   h _ _ r _ _ x.   L _   r _ _
4   8   4   4   4 9   4 9   4   8 7

_ r r _ v _ ,   _ c c _ m p _ g n _   d _   l _
2   7   4   2   8   2   5   4   2

r _ _ n _   _ t   d _   t _ _ t _   s _   s _ _ t _.
4 7   4   4   4   8 9   4   2   9 7   4

C h _ v _ l _ _ r s,   b _ _ f f _ n s   _ t
4   2   7 4   8 9   8   4

m _ s _ c _ _ n s   s _ n t s   p r _ t s
9   7   7 4   8   6

p _ _ r   l _   f _ t _.
8 9   2   6   4

31

Aide Ariel à retrouver son épée.

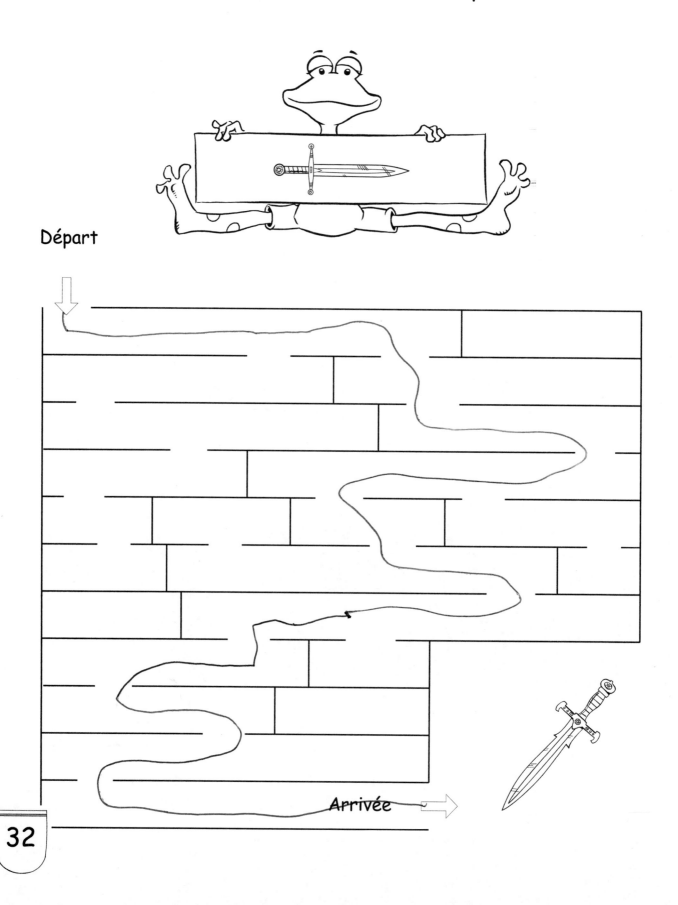

Départ

Arrivée

32

Colorie l'image.

LES ÉPÉES

L'épée était fabriquée par un forgeron. Chacune était unique et particulière. À l'époque, on lui reconnaissait une âme et on lui donnait un nom (par exemple: Excalibur).

Écris le mot épée: _____

Colorie l'épée.

Combien comptes-tu d'épées sur cette page?

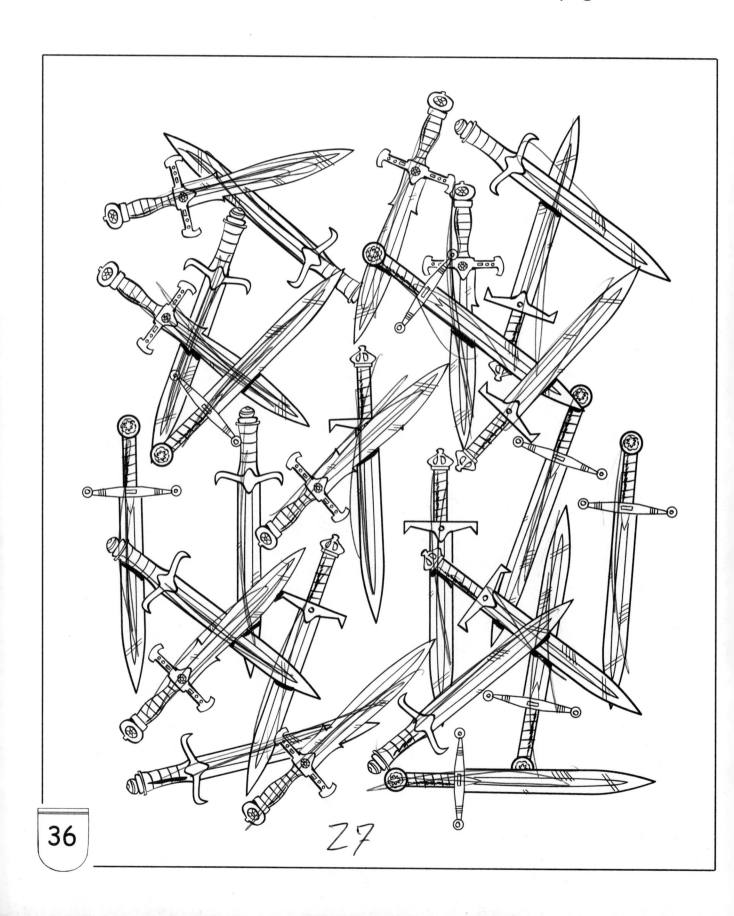

27

Aide Ariel à placer ces mots dans la grille.

amuseur
banquet
écusson
enchanteur
festin
reine
royaume
sorcière

Grâce à l'exemple, reproduis
Ariel dans la grille du bas.

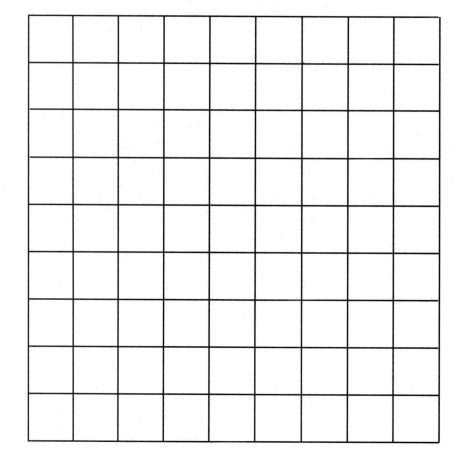

Mot mystère

Encercle les mots de la liste que tu trouves et
les lettres restantes te donneront
le mot mystère!

R	R	U	E	R	E	P	M	E	M
U	D	U	C	H	E	S	S	E	U
E	X	P	L	O	I	T	E	N	R
T	O	U	R	E	L	L	E	O	A
N	R	E	I	R	R	E	U	G	I
A	N	O	B	L	E	C	U	A	L
H	S	H	O	N	N	E	U	R	L
C	S	A	R	M	U	R	E	D	E
N	A	S	Y	A	P	O	D	U	C
E	N	A	R	C	M	A	G	I	E

réponse: écusson

arc	empereur	magie
armure	enchanteur	muraille
dragon	exploit	noble
duc	guerrier	paysan
duchesse	honneur	tourelle

LES BANQUETS

Chez les nobles, on mangeait des viandes rôties sur la broche, du pain, des fruits et des sucreries. Les ustensiles n'existaient pas, on mangeait avec les doigts!

Écris le mot banquet: _____

Combien de coupes comptes-tu sur cette table?

12

Colorie l'image.

Encercle la plus grosse figure.

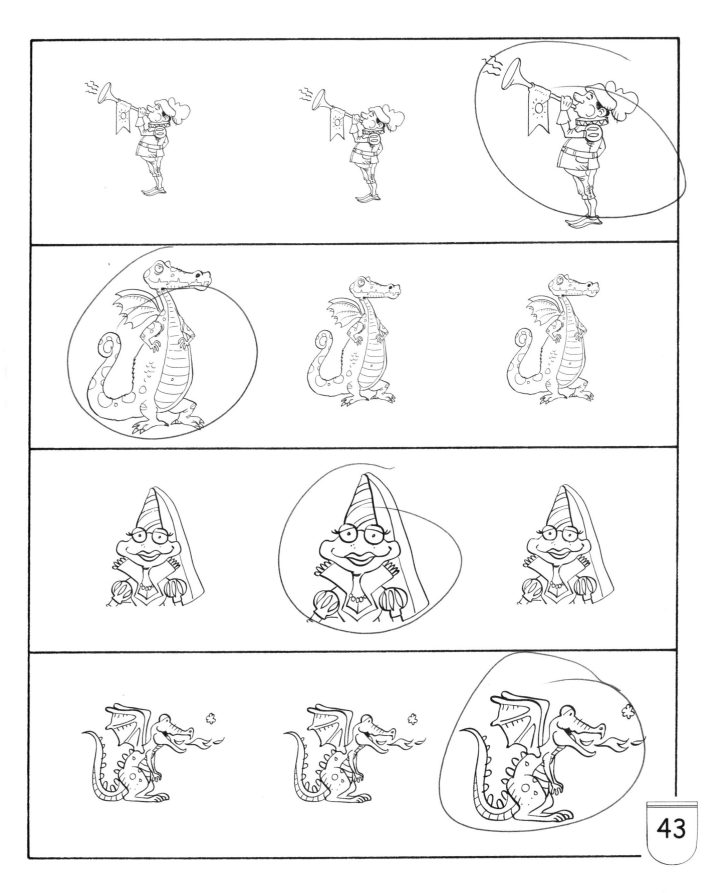

43

Combien font...

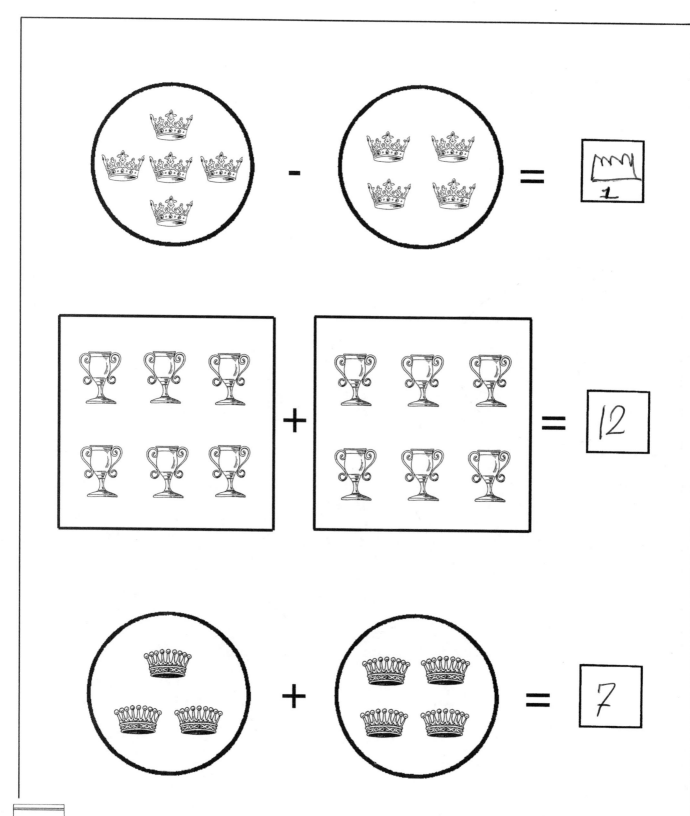

Encercle les cinq erreurs qui se sont glissées dans l'image à droite.

Le jeu des ombres

Parmi toutes ces ombres, une seule ne correspond pas à cette image.

Trouve laquelle.

Écris le mot couronne

Combien vois-tu de dragons
sur cette page?

14

Colorie ce château.